PANEGYRIQUE
DE LA BIENHEUREUSE
ROSE
DE SAINTE MARIE
DE LIMA DU PEROU,

PRONONCE' EN L'EGLISE des RR. PP. Dominicains de la ruë S. Honoré.

A PARIS,
De l'Imprimerie d'EDME MARTIN, ruë
Saint Jacques, au Soleil d'or.

M. DC. LXIX.

AVEC PRIVILEGE DU ROY.

PANEGYRIQUE
DE LA BIENHEUREUSE
ROSE.

Terram Auſtralem & arentem dediſti mihi, junge & irriguam. *Joſue 15.*

Vous m'avez, Seigneur, donné vne terre Meridionale, inculte, ſeiche, & ſterile, toute brûlée des ardeurs du Soleil, pour ma portion & pour mon heritage; joignez-y encore cette autre terre ruiſſelante de miel & de lait, baignée & arroſée des eaux ſalutaires de voſtre grace & de voſtre gloire. Ces paroles ſont tirées & extraites du 15. ch. du livre de Joſué.

UAND je conſidere les feſtes que l'Egliſe ſolenniſe, & les différens myſteres, dont elle fait en ces jours l'objet de ſon culte & de ſa devotion, je les regarde comme autant de riches tableaux, comme autant de peintures vivantes & animées qu'elle expoſe à nos yeux, pour imprimer plus fortement ſes ſacrez commandemens dans nos cœurs, & comme autant d'excellens originaux, dont elle prétend que nous tirions des copies. C'eſt dans ce deſſein & dans cette veuë, que paroiſt aujourd'huy la Bienheureuſe ROSE DE SAINTE MARIE du Perou, Religieuſe du tiers Ordre de S. Dominique, que Dieu a fait naître, fleurir & fructifier d'vne maniere merveilleuſe dans le nouveau Monde, & qu'il tranſplante & fait maintenant paſſer dans l'ancien, afin que l'exemple raviſſant de ſa vie, & l'odeur charmante de ſes vertus ſe communique & ſe répande également dans tout le Chriſtianiſme ; & c'eſt auſſi ce qui m'oblige de luy appliquer & de luy mettre à la bouche ces paroles, que j'ai choiſies pour mon texte, *Terram Auſtralem & arentem dediſti mihi, junge & irriguam.* Elle eſt la premiere Sainte ſortie de l'Amerique, au moins qui ſoit reconnuë & declarée telle par le Souverain Pontife, à qui il appartient, comme au Vicaire de JESUS CHRIST en terre, de prononcer ſur le culte public & général, que nous devons rendre aux Bienheureux, & d'inſerer leurs noms pleins de lumiere dans les faſtes ſacrez de l'Egliſe. Ce qu'il a fait d'vne maniere ſi glorieuſe, ſi éclatante & ſi extraordinaire en faveur de celle-cy, que nous ne ſçaurions aprés cela trop célebrer ſon triomphe : dans lequel il me ſemble voir l'Europe & l'Amerique, l'ancien & le nouveau Monde, tranſportez d'vne noble & ſainte emulation, s'efforcer à l'envi de meſler leurs voix, formant, ſi je l'oſe dire, dans ce concert vniverſel comme deux chœurs qui ſe répondent & ſe renvoient l'vn à l'autre les hymnes & les cantiques qu'ils entonnent d'vn commun accord à ſa loüange. Ce qui nous eſt, à mon avis, admirablement bien repreſenté dans ces paroles ſi propres & ſi ſingulieres de mon texte, *Terram Auſtralem, & arentem dediſti mihi, junge & irriguam.* Vous m'avez, Seigneur, fait naiſtre dans l'Amerique, faites moy preſentement connoiſtre à l'Europe ; vous m'avez fait fleurir dans le nouveau Monde, faites moy deſormais fructifier & provigner dans l'ancien ; & que ces deux parties ſi éloignées & ſi diviſées par tant de mers, ſe joignent, s'vniſſent & s'accordent dans l'invocation du nom de voſtre ſervante. *Terram Auſtralem & arentem dediſti mihi, junge & irriguam.* Vos vœux ſont entierement exaucez, charmante & divine épouſe de JESUS CHRIST ; déja toutes les Egliſes de France & d'Italie ont retenti de vos eloges & de vos panegyriques ; déja toutes les trompettes Chreſtiennes ont publié vos grandeurs & vos privileges : & ſi nous ſommes icy les derniers à les annoncer aux peuples, ce n'eſt qu'afin d'avoir l'honneur de clorre cette auguſte ceremonie, de fermer ce grand & merveilleux ſpectacle avec plus de ſplendeur, de pompe & d'appareil. Dites donç hardiment, & dans la ſainte confiançe de voſtre cœur, *Terram Auſtralem & arentem dediſti mihi, junge & irriguam.* Que ſi Moyſe qui fit couler de l'eau en abondance du cœur d'vne roche dure & aride, n'entreprit point la découverte & la conqueſte de la terre de promiſſion, ſans y avoir auparavant envoié ſes Explorateurs ; ne nous hazardons point d'entrer plus avant dans cette region du nouveau Monde, pour y contempler les admirables progrez de noſtre Bienheureuſe, ſans le ſecours & le miniſtere des Anges, qui nous ſerviront de fidéles guides en cette rencontre, afin d'obtenir de Marie les graces neceſſaires pour en parler. Diſons-luy donc devotement avec eux, *Ave, Maria, &c.*

PLUS les dons de Dieu ſont grands & relevez, plus ils exigent de devoirs & de reconnoiſſances. Il nous a pourvûs en nous creant de tous les dons imaginables du corps & de l'eſprit, qui font que l'homme, dans l'ordre de la nature & aux yeux de la raiſon, paſſe pour le plus admirable & le plus étonnant de tous ſes ouvrages, en eſtant le recueil & l'abregé ; & pour le reparer, il a livré luy-meſme ſon propre fils à la mort, afin de faire de l'homme pecheur le chefd'œuvre le plus accompli de ſa grace, & vn ſpectacle digne de ſes regards, & de toute l'attention des Anges. Voilà ſans doute, MESSIEURS, de grands dons, de grands avantages, & des faveurs bien conſidérables : mais voici de grands devoirs, de grandes charges & des obligations fort étroites : il demande de nous vne vie pareille à celle de noſtre Liberateur, vn parfait détachement de tous les biens de la terre, vne entiere conformité & vne obeïſſance aveugle pour tous les ordres de ſa Providence. Il arrive auſſi le plus ſouvent, que ce qui devroit faire noſtre repos & noſtre bonheur eternel, eſt l'occaſion funeſte & le ſujet déplorable de noſtre cheute & de noſtre décadence : témoin le premier Ange, qui eſt tombé de ce haut degré de ſplendeur & de gloire où il avoit eſté creé, dans cét abyſme de miſeres; qui de la plus accomplie de toutes les creatures, fait voir la plus miſerable; & qui du premier & du plus doux objet des complaiſances de Dieu, l'a rendu le premier & le plus odieux de ſa colere. C'eſt cela même qui a perdu le premier homme; rien n'a tant perdu les Juifs, que cette ingratitude; c'eſt le ſeul crime qui leur a attiré cette ſuite & cét enchaînement de maux, dont Dieu les a punis dans ſa colere : & c'eſt auſſi ce que l'Evangile d'aujourd'huy nous repreſente dans le tableau qu'elle nous trace de ces Vierges folles, qui pour n'avoir pas eu le ſoin de conſerver leur huile, s'en trouverent dépourveuës quand l'Epoux vint, enſorte que la porte leur fut fermée. Et comme ſi cette verité ne pouvoit eſtre aſſez gravée dans le cœur des Chreſtiens, l'Ecriture ſainte donne vn nouveau jour à ce tableau, lorſque dans le même chapitre de Saint Matthieu, elle ajoûte l'exemple de ce Pere de famille, qui eſtant preſt de faire vn long voiage, diſtribua quantité de talens à ſes ſerviteurs, & à ſon retour les interrogeant ſur le profit qu'ils en avoient tiré, il récompenſa ceux qui les avoient ſçû faire profiter, & traita de méchant ſerviteur,

teur, de ſerviteur inutile, celuy qui au-lieu de faire valoir le ſien, l'avoit enfoüi en terre. *Inutilem ſervum*, dit ce Pere de famille, *ejicite in tenebras exteriores.* Si ce mauvais emploi que les pecheurs font des dons de Dieu, eſt là cauſe veritable de leur damnation eternelle, le bon vſage que font les juſtes de ſes graces & de ſes bienfaits, eſt la ſource feconde de leur bonheur eternel, & le ſujet de tous les eloges dont ils ſont honorez ſur la terre, puiſqu'ils diſent tous avec le Roy Prophete, *Omnia oſſa mea dicent, Domine, quis ſimilis tibi?* Oüy, mon Seigneur & mon Dieu, tous les avantages que vous m'avez donnez ſur la terre, ſeront autant de preuves de voſtre grandeur, & toutes les parties de mon corps ſeront comme autant de bouches eloquentes, qui preſcheront ſans ceſſe vos loüanges. *Omnia oſſa mea dicent, Domine, quis ſimilis tibi?* leurs cœurs eſtant, ſuivant la penſée de Saint Auguſtin, comme de ſacrez & de vivans encenſoirs, qui font ſans ceſſe monter juſqu'au trône de Dieu les celeſtes parfums de leurs actions de graces, & l'odeur ſainte des gemiſſemens de leur charité & de leurs prieres. *Aſcendant hymnus & fletus de fraternis cordibus thuribulis tuis.*

L'ASIE, l'Afrique & l'Europe nous ont fourni jusqu'à present vne infinité d'exemples illustres, & de preuves éclatantes de cette divine verité, dans la personne de tant de Bienheureux qui sont sortis en foule de leur sein : ces trois parties du Monde ayant esté successivement l'vne aprés l'autre les trois fameux theâtres, où tout ce qu'il y a jamais eu de grand, de vertueux, & d'heroïque dans la Religion Chrestienne, a paru avec plus d'éclat & de splendeur : Et l'Amerique succedant à son tour à leurs droits, nous en presente aujourd'huy vn modéle tres-rare, tres-achevé & tres-accompli dans la Bienheureuse ROSE de Sainte Marie, du Perou. Qui estant la premiere Sainte venuë de cette terre qu'elle a sceu défricher, faire valoir & entretenir, peut justement se l'attribuer & se l'approprier comme son domaine, sa portion & son heritage, suivant la belle idée que nous en donnent ces paroles si recommandables de mon texte, *Terram Australem & arentem dedisti mihi, junge & irriguam.* Car c'est elle, MESSIEURS, qui par vn miracle sans exemple a fait croistre dans vn desert rempli d'arbres steriles & sauvages, qui ne pouvoient servir qu'à estre mis au feu, des arbres qui portent des fruits qui donnent la vie eternelle ;

C'eſt par elle que les lieux ſecs & inhabitables ſont convertis en des ruiſſeaux & en des fontaines d'eau vive, & que les meſmes cavernes, où les Démons faiſoient leurs demeures (j'appelle ainſi ces repaires d'Idolâtres, ces Mines maudites qui devorent tant de gens) ſont heureuſement changées en jardins & en vergers de delices & de volupté, d'où découle vn fleuve de benedictions ſi grand, que les ruiſſeaux qui en ſortent, s'épanchent avec abondance & vne ſainte impetuoſité par toute la terre. N'a-t-elle donc pas raiſon de s'écrier aujourd'huy, *Terram Auſtralem & arentem dediſti mihi, junge & irriguam?* Auſſi je la regarde comme vn nouvel aſtre, qui aprés avoir éclairé ce grand continent de l'Amerique, monte & paroiſt ſur noſtre horizon, pour nous communiquer ſes influences & ſes regards favorables; Je la conſidere comme vne nouvelle Mine, que la Providence divine découvre en nos jours, remplie de treſors infiniment plus precieux & de plus grand vſage, que tous ceux qui nous ſont venus du païs, dont elle eſt originaire: à l'occaſion de laquelle nous pourrions nous écrier avec l'eloquent Saint Cyprien, *Nunc metallorum natura converſa eſt, locaque quæ aurum & argentum dare antè conſueverant, accipere cœperunt.* Dieu avoit reſervé de la manifeſter dans vn temps, où la molleſſe, le relâchement & la ſenſualité ſont plus en regne que jamais : afin que le dégagement & le deſintereſſement de cette fille, ſes auſteritez & ſes penitences continuelles, ſon amour pour les croix & pour les ſouffrances, ſa mort parfaite au monde, à la chair & à elle-meſme, puiſſent ſervir de preſervatif & d'antidote contre l'infection générale & la corruption étrange des mœurs, qui défigurent ſi horriblement toute la face du Chriſtianiſme : Afin que devant la Juſtice divine elle faſſe, pour ainſi parler, le contrepoids de tant de crimes enormes, qui crient vengeance contre la terre : Afin qu'elle ſerve comme de digue & de rempart pour arreſter le cours de tant de deſordres honteux, qui deshonorent & inondent quaſi tout noſtre hemiſphere, & qui groſſiſſent à tout moment ce treſor funeſte de colere, que Dieu verſeroit ſur nos teſtes criminelles, ſans l'interpoſition favorable des ſaintes ames qu'il ſuſcite de temps en temps dans ſon Egliſe. Il y en a peu dont la vie ait eſté comme celle de noſtre Sainte, vn tiſſu perpetuel, vn mélange admirable, & vn compoſé parfait de maladies, de ſouffrances, d'auſteritez, de croix, de jeûnes & de macerations, eſtant vraiment vne Roſe toute herissée d'épines tres-poignantes. Ce que je vais vous faire voir dans la suite de ce discours, en vous proposant trois ou quatre des principaux evénemens de son histoire miraculeuse, sans autre division reglée, m'assûrant que ces fleurs éparses sans nombre, rangées sans ordre ni artifice quelconque, ne vous plairont pas moins dans leur confusion & dans cét agreable mêlange d'odeurs & de couleurs differentes, que tous les bouquets & toutes les guirlandes que j'en pourrois faire, si tant de mains adroites, industrieuses & sçavantes n'avoient déja travaillé si heureusement à les agencer.

SAINT AUGUSTIN assûre dans le premier livre de ses Confessions, que si la foiblesse du corps est innocente dans les enfans, leur esprit n'est point innocent, & que dés le berceau on void en eux les effets du peché d'Adam par leurs petites coleres, leurs dépits, leurs promptitudes & leurs impatiences. J'en ay vû vn, dit ce Pere, que j'ay remarqué particulierement avoir esté si jaloux & si envieux, qu'il en estoit devenu tout pasle, & qui ne sçachant pas mesme encore parler, ne laissoit pas de regarder avec aigreur & avec colere vn autre enfant qui tettoit la mesme nourrice que luy. Peut-on donc se persuader qu'vn enfant ſoit innocent, lorſque trouvant dans les mamelles de ſa nourrice vne ſource ſi abondante de lait, qu'il y en a aſſez pour luy & pour vn autre, il en eſt neantmoins ſi avare, qu'il ne peut ſouffrir qu'vn autre partage ce premier bien de la nature avec luy, & reçoive ce qu'il a de trop. Je me ſouviens, dit ce grand homme, parlant de luy-meſme en ce petit âge; quand on ne m'obeïſſoit pas, ou parce que je n'avois pas pu bien faire comprendre mon intention, ou de-crainte que ce que je demandois ne me fût contraire, je me dépitois de ce que des perſonnes âgées, qui avoient toute autorité ſur moy; n'eſtoient pas ſoûmiſes abſolument à tous mes deſirs, de ce que des perſonnes libres ne ſe rendoient pas eſclaves de mes volontez; & n'ayant pas la force ni le pouvoir de me venger d'eux, j'avois recours aux larmes, & je m'en vengeois en pleurant. *Et me de illis flendo vindicabam.* Eſt-ce là cette prétenduë innocence des enfans? Il n'y en a point en eux, Seigneur: il n'y en a point, mon Dieu; & je vous demande pardon d'avoir eſté du nombre de ces innocens: car c'eſt cette meſme & cette premiere corruption de leur eſprit & de leur cœur, qui paſſe enſuite dans tout le reſte de leur vie; tels qu'ils ont eſté à l'égard de leurs nourrices, de leurs compagnons, de leurs precepteurs & de leurs maiſtres, ils le ſont à l'égard des Rois & des Magiſtrats. Aprés avoir commis de petites injuſtices pour leurs jeux & pour leurs bagatelles, ils en commettent de tres-grandes pour amaſſer de l'argent, pour acquerir de belles maiſons, & pour avoir vn grand nombre de titres & de ſerviteurs : leur déreglement croiſt avec l'âge, comme les grands ſupplices que les loix ordonnent, ſuccedent aux legeres peines des enfans. Ainſi conclud ce Docteur incomparable : Lorſque vous avez dit, mon Sauveur, dans l'Evangile, que le roiaume du ciel eſt pour ceux qui reſſemblent aux enfans, vous n'avez pas tant propoſé l'innocence de leur eſprit pour vn modéle de vertu, que la petiteſſe de leur corps comme l'image de l'humilité. *Humilitatis ergo ſignum in ſtatura pueritiæ, Rex noſter, probaſti, cùm aiſti: talium eſt regnum cælorum.* Pardonnez-moy, Grand Saint, ſi je vous dis que vous avez eſté en cela vn cenſeur bien ſevere, & vn juge bien rigoureux des actions humaines ; au moins vous produis-je aujourd'huy vne enfance exemte de toutes ces imperfections & de toutes ces taches, que voſtre veuë ſi claire, ſi vive & ſi penetrante, a découvert dans les replis les plus cachez du cœur de la poſterité d'Adam ; vne enfance toute ſainte, toute ſpirituelle & toute religieuſe. La Bienheureuſe ROSE ne fut point ſujette dans ſon enfance à tous ces cris importuns, qui rendent cét âge ſi fâcheux & ſi inſupportable: vne ſerenité merveilleuſe regnoit continuellement ſur ſon viſage, qui eſtoit vn ſigne de la ſerenité de ſon eſprit, de la quietude & de la tranquilité de ſon ame, dont cette Roſe vermeille qui parut vn jour ſur ſa bouche, & dont elle a pris ſa denomination, n'eſtoit qu'vne figure morte & inanimée. On ne luy vid jamais en cét état jetter des larmes qu'vne ſeule fois, que ſa nourrice l'ayant emportée dans vne maiſon voiſine; pour lors cette aimable enfant fondit en pleurs, & on ne ſceut jamais l'appaiſer qu'en la ramenant au logis de ſon pere, comme par vn preſſentiment ſecret, qu'elle n'eſtoit point deſtinée pour le commerce du monde, & qu'elle ne pouvoit trouver ſon repos que dans ſa chere ſolitude, ſeparée & ſequeſtrée des compagnies. N'eſtant âgée que de trois mois, elle fit éclater vne patience vraiment heroïque: car quelqu'vn luy ayant par malheur écraſé le pouce de la main droite dans vne armoire, fermée avec precipitation, elle en diſſimula la douleur; & ſa mere eſtant accouruë à la premiere nouvelle

velle de cét accident, elle eut tout enſemble l'adreſſe & la force de luy cacher ſon doigt, & ne luy fit en aucune maniere paroiſtre le mal qu'elle ſentoit ſi vivement. Ce mal augmentant dans la ſuite du temps par ſon ſilence, on fut obligé d'y apporter des remedes violens ; il falut employer les tenailles pour luy arracher juſqu'à la racine le reſte de l'ongle, qui luy eſtoit demeuré dans la chair; & le Chirurgien qui la penſa, a depoſé que cette pauvre enfant dans cette cruelle & douloureuſe operation ne jetta aucun cri, & ne fit pas meſme paroiſtre la moindre émotion. A l'âge de quatre mois elle endura encore avec vne reſignation & vne patience qui ſurprenoient tous ceux qui la traitoient, des inciſions & des remedes qui luy furent appliquez pendant ſix ſemaines, où chaque jour on luy coupoit quelque morceau de chair, pour la guerir d'vn fâcheux vlcere qui luy eſtoit venu à la teſte. Elle ne fut pas ſi-toſt délivrée de ce mal, qu'il luy en vint vn autre auſſi inſupportable, où il falut encore employer les ferremens de la Chirurgie juſqu'à trois diverſes repriſes, pendant leſquelles elle montra toûjours la meſme conſtance ; & ce que nous ne ſçaurions ſeulement nous repreſenter ſans fremir, elle le ſouffroit avec vne joie, qui tenoit beaucoup de celle des généreux Chreſtiens de Philadelphe, dont parle Saint Ignace Martyr, qui treſſailloient de joie au milieu de leurs ſouffrances & dans le fort de leurs afflictions. *Ecclesiæ Philadelphi exultanti in paſsionibus.* N'ayant encore que neuf mois, ſa mere perdit ſon laït, & n'ayant pas dequoy payer vne nourrice, qui l'élevaſt juſqu'à ce qu'il fût temps de la ſevrer, ſes parens eſtant plus recommandables par la nobleſſe de leur extraction, que pour leurs grands biens, & cela dans vn païs, où les rivieres coulent d'argent, dont les montagnes ſont toutes d'or, & où il y a par conſequent ſi peu de pauvres, elle la nourriſſoit de boüillon au-lieu de lait qui luy manquoit, qu'elle luy diſtilloit dans le gozier pour le luy faire avaler. Bien-que cét enfant ſouffriſt beaucoup de cette neceſſité & de la violence, avec laquelle on luy ouvroit la bouche de force, pour luy faire prendre vne nourriture ſi groſſiere, vn brûvage ſi amer & ſi diſproportionné à ſa foibleſſe: neantmoins quelque dégouſt & quelque ſoûlevement de cœur que cela luy cauſaſt, elle n'en pleura jamais: au contraire il ſembloit à la voir, qu'elle y prenoit quelque plaiſir, tant elle ſçavoit ſe contenir, & tant elle eſtoit maîtreſſe d'elle-meſme dans vne rencontre, où des gens faits ne se possederoient plus. Quelle reflexion pouvons-nous faire, M^{rs}, en voiant vne fille dans vn âge si peu avancé, si tendre & si sensible à la douleur, souffrir tant de différentes sortes de maux, les vns aprés les autres, avec vne constance plusqu'humaine; sinon la mesme que S. Cyprien a fait sur les Innocens, ces premieres Roses du Christianisme, ainsi que les appelle l'Eglise, *nascentes Rosas*, que la barbarie d'Herodes, comme vn furieux tourbillon de vent, arracha & fit tomber à terre, lorsqu'elles n'estoient pas encore écloses, & qu'à peine estoient-elles en bouton. *Ostensum est*, dit ce grand Prédicateur de la patience, cét admirable Consolateur des affligez, S. Cyprien, *neminem à periculo persecutionis immunem, quando & tales martyria fecerunt.* Dieu nous a voulu montrer dans le martyre des SS. Innocens, que personne dans ce monde n'estoit exempt de souffrance & de persecution, non pas mesme les enfans à la mammelle, puisque ceux-ci, qui ne faisoient que de naistre, ont esté impitoyablement égorgez, & que les bourreaux ont fait en cette rencontre vn ruisseau de leur sang & du lait de leurs meres, au sein desquelles ils estoient collez. *Ostensum est neminem à periculo persecutionis immunem, quando*

& tales martyria fecerunt. Tous les hommes de quelque condition, de quelque ſexe, & de quelque âge qu'ils ſoient, doivent ſouffrir, voilà leur partage & leur ſucceſſion. Qu'on ne me parle donc plus de diſpenſes, d'exemptions & de privileges, la Bienheureuſe ROSE ſouffrant dans le berceau, fait encore vne leçon & vn reproche perpetuel de la delicateſſe, avec laquelle on éleve les enfans dans le Chriſtianiſme, où l'on ſonge plûtoſt à contenter leur ſenſualité, à ſatisfaire leur convoitiſe & leurs appetits deſordonnez, à entretenir leur molleſſe, qu'à leur donner d'abord de bonnes teintures de la vertu; qu'à travailler de bonne heure à déraciner ce germe fatal de corruption caché dans le cœur de la poſterité d'Adam: Car venant à croître dans la ſuite, il produit ces fruits de malédiction, ces égaremens & ces excez, qui ont fait dire au Prophete David, que les pecheurs ſe ſont pervertis dés la ſortie du ſein de leur mere. *Alienati ſunt peccatores à vulva, erraverunt ab vtero:* Qui ont fait dire au Saint Evangeliſte, que l'enfant qui n'a vécu ſur la terre que durant l'eſpace d'vn jour, ne paroiſt point ſans tache en la preſence de Dieu. Pour trouver JESUS CHRIST, ſuivant l'adreſſe qu'il nous en a donnée, il le faut chercher du

grand matin, dés la pointe du jour, dés le commencement de la vie, *in matutino*, & ne pas attendre le midi de nostre âge, ni jusqu'au soir d'vne vieillesse épuisée dans l'habitude du peché, *qui manè vigilant ad me, invenient me.* C'est en quoy a excellé la Bienheureuse ROSE; c'est en cela que l'on peut dire, que tous ses jours ont esté pleins, que tous les momens de sa vie luy ont apporté de nouveaux accroissemens de gloire & de mérite, qu'elle s'avançoit à grands pas dans la sainteté, à chaque démarche qu'elle faisoit dans la lice de cette vie passagere : puisqu'vn âge dont les plus grands Saints ne se ressouviennent qu'avec honte & avec larmes, qui nous rend semblables aux bestes, à l'égard des fonctions de l'esprit, & beaucoup plus foibles & plus méprisables pour celles du corps, a esté neantmoins la matiere de ses vertus, & le presage de ses futures grandeurs. Qui est le nouveau sens qu'on peut donner en faveur de nostre Bienheureuse à ces paroles de mon texte, *Terram arentem dedisti mihi, junge & irriguam*, ayant fait couler d'vne terre seche & aride, ingrate & infructueuse, comme est l'enfance, vne source & vn épanchement de benedictions & de graces. Voilà les miracles & les prodiges inoüis qu'-

elle a fait éclater n'estant qu'à la mammelle: voyons maintenant ce qu'elle a fait dans le progrés & le cours de son âge, & si la suite de ses années & la fin de sa vie ont répondu à de si beaux commencemens.

Il y a tant de merveilleux rapports, & vne si grande conformité entre la Bienheureuse ROSE & Sainte Catherine de Sienne, que, comme a fort bien remarqué l'auteur de sa vie, on a de la peine à discerner si les Indes ont produit cette Fleur, ou si elle a esté transplantée d'Italie au Perou; ensorte que pour faire l'eloge de l'vne, il n'y auroit qu'à substituer le nom de l'autre en la place, sans craindre de se méprendre dans le choix de leurs divines qualitez; estant vray de dire, que toute la sainteté de Catherine a esté transmise dans la Bienheureuse ROSE. Mais laissant le paralelle de ces deux amantes de JESUS CHRIST, qui seul pourroit faire la matiere d'vn sermon tout entier, ce que je remarque de plus commun, & qui sert davantage à mon sujet, c'est que suivant le conseil de l'Apostre, elles ont toutes deux pris à tâche de faire de leurs corps vne hostie vivante, vne victime immolée & sacrifiée à la gloire de leur divin

Epoux, non ſeulement par la moderation & l'extinction interieure de toutes leurs paſſions, mais encore par les peines étranges d'eſprit qu'elles ont ſouffertes, par les rigueurs & les auſteritez corporelles, dont elles ont continuellement matté leur chair. Dans cette veuë noſtre Bienheureuſe dés l'âge de cinq ans conſacra ſa virginité à Dieu, elle luy en fit vn ſacrifice ſolennel par la parole irrevocable qu'elle luy donna, de n'avoir jamais d'autre Epoux ſur la terre. Ce qu'elle accompagna d'vne autre offrande bien nouvelle : car elle n'eut pas ſi-toſt fait ce vœu, qu'à l'inſceu de ſa mere, elle ſe coupa elle-meſme ſes cheveux juſqu'à la racine, pour témoigner à ſon nouvel Epoux par cette difformité volontaire, le divorce abſolu qu'elle vouloit faire avec le monde, ſe défaiſant de toutes les attaches de la creature, & renonçant entierement à toutes les eſperances du ſiecle, figurées par ces ſuperfluitez du corps. N'ayant que cinq ans, elle portoit par vn eſprit de mortification & de penitence, d'vn lieu à vn autre des tuiles fort peſantes, & de groſſes ſouches d'arbres, & en ſi prodigieuſe quantité, qu'elle en demeuroit le plus ſouvent pâmée & à demi morte de laſſitude. A l'âge de ſix ans elle commença à jeûner au pain & à l'eau trois fois la ſemaine : & à quinze elle fit vœu de ne jamais manger de viande. Sa beauté croiſſant avec l'âge, on parla de la marier ; & pluſieurs perſonnes autant charmées de la douceur de ſon eſprit & de ſes mœurs, que de celle de ſon viſage, la rechercherent avec ardeur : ſes parens meſme la ſolliciterent fortement de ſe reſoudre à accepter vn parti tres-conſidérable qui ſe preſentoit ; & n'ayant pu l'y faire condeſcendre par leurs prieres, ni leurs remonſtrances, ils eurent recours aux menaces pour l'intimider ; & perſiſtant toûjours dans ſon refus, ils luy firent les derniers outrages, la maltraitant de coups & de paroles injurieuſes. Mais toutes les meurtriſſeures, dont ils purent charger ſon corps innocent dans cette extremité de leur fureur, n'eſtoient rien en comparaiſon de celles, dont elle l'affligeoit elle-meſme, elles ne faiſoient que renouveller & r'ouvrir les plaies & les bleſſures qu'elle-meſme y avoit faites, puiſqu'elle prenoit autant de ſoin, & mettoit autant d'application à ſe défigurer & à ſe plomber le viſage, que les filles de ſon âge en prennent pour relever & rehauſſer leur beauté naturelle ; fuyant de plaire aux hommes, au-lieu que celles-cy s'en glorifient. Toutes ſes inventions alloient donc

donc à diſſiper par de ſaints & d'innocens artifices cette foule d'adorateurs & d'eſclaves, qui l'environnoient; & pour les dégoûter entierement de ſa perſonne, tantoſt elle ſe rendoit le viſage tout défait & tout décharné, have, ſec & livide, par ſes jeûnes & ſes abſtinences exceſſives : tantoſt elle ſe le barboüilloit, pour perdre la blancheur & la delicateſſe de ſon teint : tantoſt elle lavoit ſes mains dans de la chaux vive, qui luy enlevoit la peau : elle s'enferma meſme vne fois quatre ans tout entiers dans ſa maiſon, ſans en ſortir que pour ſatisfaire aux devoirs les plus preſſans de la religion, & de la charité. Ce fut aprés vne ſi longue épreuve, qu'elle ſe diſpoſa d'entrer dans le tiers Ordre de Saint Dominique, comme dans vn port ſalutaire, où elle ſeroit à l'abri des orages & des tempeſtes qui la menaçoient dans le monde. Et pour fermer entierement la porte à tous ces prétendans, qui ne ſe laſſoient point dans leurs recherches & dans leurs pourſuites, elle en reçut ſolennellement l'habit, & elle fit paroiſtre tant de recueillement, de devotion & de courage en le prenant, qu'il parut bien que non ſeulement ſon corps, mais meſme ſon ame eſtoit toute revétuë de cette bure ſainte & penitente. Que ne puis-je icy, MESSIEURS, par quelque grand & heureux coup de pinceau vous repreſenter tout d'vne veuë tant de communications admirables, tant de privautez innocentes, qu'elle eut depuis avec ſon divin Epoux, d'où ſont derivez ces raviſſemens, ces tranſports, ces extaſes, ces ſaillies de cœur, ces ſuſpenſions de puiſſances, ces immerſions d'eſprit, ces agonies & ces écoulemens d'ame ſi frequens & ſi ordinaires à noſtre Bienheureuſe, & ſi peu connus des amans groſſiers & inſenſez du monde. Il faudroit eſtre animé du meſme eſprit qu'elle eſtoit, pour bien décrire la grandeur de l'alliance qu'elle contracta viſiblement ſur la terre avec le divin Sauveur de nos ames: il faudroit, comme dit Saint Bernard, ſçavoir le langage de l'amour ſacré, qui eſt étranger & barbare aux amans dû ſiecle, pour bien comprendre la force, l'efficace, & l'étenduë de ces paroles toutes de feu, que luy dit noſtre Sauveur en l'épouſant: ROSE *de mon cœur, je te prens pour mon Epouſe.* C'eſt en cecy que ſe perdent les ames Religieuſes, c'eſt en cecy qu'elles defaillent, c'eſt en cecy qu'elles demeurent muettes, non ſeulement de la bouche, mais encore de tous leurs ſentimens interieurs, & que ſuſpenduës & ravies en admiration d'vne ſi grande bonté de Dieu pour ſa creature, le louënt & le glorifient dans vn ſaint ſilence au fond de leur cœur. Car lorſqu'il viſite vne ame, dit Saint Bernard, qu'il a choiſie pour eſtre l'objet de ſes complaiſances, il ne ſe parle plus d'autorité de maiſtre, toute grandeur royale eſt bannie, il ſe dépoüille de ſa Majeſté, & ne demande plus les reſpects & les adorations: puiſqu'où l'affection prend le deſſus, toute conſidération royale eſt bannie; il faut que le rang & la gravité cedent la place à la tendreſſe & à la familiarité. *Adeſt dilectus, amovetur magiſter, rex diſparuit, dignitas exuitur, reverentia ponitur, cedit quippe faſtus, vbi invaleſcit affectus.* Cependant avec toutes ces privautez, la Bienheureuſe ROSE ne laiſſoit pas de redoubler ſes abſtinences, ſes jeûnes & ſes mortifications; ſon corps ne laiſſoit pas d'eſtre en proie à toute ſorte de maladies les plus aiguës; ſon eſprit ne laiſſoit pas d'eſtre tourmenté par d'étranges ſpectres & des repreſentations horribles, cauſées par les démons, qui la mettoient en des tranſes & en des apprehenſions mortelles. Ses douleurs n'avoient aucun moment d'intervalle & de relaſche: lorſqu'elle n'en avoit point de dehors, Dieu luy en ſuſcitoit d'interieures; quand ceux du logis donnoient quelque tréve à leurs perſecutions, qui allerent juſqu'à la menacer de l'Inquiſition, les maladies venoient fondre en foule ſur elle. Mais ſon amour eſtoit ſon plus cruel bourreau; car il luy fit concevoir vn ſi grand regret d'eſtre privée plus long-temps de la viſion de Dieu, & vn deſir ſi ardent de joüir de ſa preſence, qu'elle éprouvoit dans cette langueur & dans cette attente les triſtes convulſions de l'agonie, les geſnes & les tortures des damnez, ainſi qu'elle le diſoit elle-meſme. L'idée des douceurs ineffables de ſon bien-aimé allumoit le deſir violent qu'elle avoit de le poſſeder; & ce deſir s'enflammant à toute heure, paſſa dans vn abatement ſi grand, qu'enfin l'ame quittant ce qu'elle animoit pour ce qu'elle aimoit, s'élança & prit ſon vol dans le ciel, pendant que ſon corps reſta ſur la terre ſans vie & ſans mouvement. Ainſi mourut martyre d'amour cette Bienheureuſe Vierge à l'âge de trente & vn an. Ne pouvons-nous pas dire à l'occaſion de cette mort avancée, ce que Saint Jéroſme a écrit au ſujet de l'illuſtre Pauline, morte pareillement en la fleur de ſon âge. *Quis parturientem roſam, & papillatum corymbum, antequàm in calathum fundatur orbis, & tota rubentium foliorum pandatur ambitio, immaturè demerſum æquis ocu-*

lis marceſcere videat? Ces paroles ſont trop belles & trop eloquentes, pour que je me hazarde de les reduire en noſtre langue: je craindrois d'en oſter toutes les graces en les traduiſant, & que ces fleurs ne ſe fanaſſent, pour ainſi dire, à force de les manier. Les miracles qui éclaterent incontinent aprés le decés de noſtre Bienheureuſe, par le moyen de la terre tirée de ſon ſepulcre, & dont on porta par devotion juſqu'en Eſpagne, confirment merveilleuſement bien le choix que j'ay fait de mon texte, & la raiſon que j'ay euë de le luy appliquer, *Terram Auſtralem & arentem dediſti mihi, junge & irriguam;* puiſque Dieu s'eſt ſervi de la pouſſiere de ſon tombeau, comme d'vne fontaine ſalutaire, où pluſieurs maladies ont eſté parfaitement gueries. Ce qui n'eſt pas vne choſe nouvelle dans l'Hiſtoire Eccleſiaſtique, puiſque Saint Auguſtin témoigne que Dieu operoit grand nombre de miracles en Afrique par de ſemblable terre qu'on avoit apportée des Saints Lieux, où ſe ſont accomplis les myſteres de noſtre Redemption. Et nous avons veû à Rome le lieu où l'on y conſerve encore aujourd'huy de pareille terre priſe du Calvaire, que la pieuſe Imperatrice S. Helene envoya à ſon fils l'Empereur Conſtantin: ce que je remarque particulierement, pour montrer que la Bienheureuse ROSE ayant eu pendant sa vie vne si grande devotion pour la Croix, avoit merité de participer en quelque sorte à ses effets merveilleux aprés sa mort. J'oubliois vne circonstance glorieuse de son trépas, que l'on trouveroit sans doute à redire que je passasse sous silence, estant ce que je suis. C'est qu'il arriva par vne permission toute particuliere de Dieu, le propre jour de la feste de S. Barthelemi, pour qui elle avoit eu vne devotion & vne veneration singuliere pendant sa vie : afin, ce me semble, que nous pussions à l'occasion d'vne si heureuse conjoncture, célebrer tout à la fois dans vn mesme jour la memoire de celuy de tous les Saints qui a porté le plus loin la connoissance de l'Evangile, & qui a enduré le plus cruel genre de martyre; & honorer le souvenir de cette Bienheureuse Vierge, qui est la premiere qui a souffert vn martyre d'amour si douloureux, dans vn païs si éloigné du centre de la foy. Se rencontrant encore heureusement, que dans ce jour de son octave, l'on célebre en cette Eglise la translation des Reliques d'vn autre glorieux Martyr; ce qui me fourniroit vn beau champ pour comparer ces deux sortes de tourmens ensemble, faisant voir, que si l'vn a quelque choſe de plus épouventable & de plus affreux, l'autre a quelque choſe de plus pitoyable, dure plus long-temps, & récompenſe ainſi par ſa longueur ce qui ſemble manquer à ſa violence. Mais je me ſens preſſé de finir par vne autre comparaiſon plus touchante & moins commune, à laquelle les paroles de mon texte, & ce que j'ay avancé à la teſte de ce diſcours, de l'Aſie, de l'Europe & de l'Amerique, m'engagent & me rappellent : ce qui va faire auſſi la morale & la concluſion de tout ce diſcours.

LES ouvrages de la Grace ont leurs termes & leurs limites, auſſi-bien que ceux de la Nature, puiſqu'il n'eſt que trop vrai, que Dieu aprés avoir comblé les pecheurs de ſes graces & de ſes bienfaits, & voyant qu'on les neglige, & qu'on en abuſe, il les retire enfin ; & pour lors ce qui eſtoit le plus doux objet de ſes complaiſances, devient le plus odieux de ſa colere. L'Aſie & l'Afrique entierement ravagées du Mahometiſme, & vne partie de l'Europe gemiſſante ſous la captivité du Turc, ne ſont-ce pas de triſtes & de funeſtes exemples de cette étonnante verité. Il n'y a qu'à conferer l'état malheureux & la deſolation étrange, où ces deux parties du monde ſe trouvent preſentement reduites, avec cét état floriſſant d'autrefois, pour reconnoiſtre que les graces de Dieu ont leur fin, auſſi-bien que leur commencement. Si vous allez chercher ces grandes villes qui ont tant fait de bruit dans l'vnivers, à peine en trouverez-vous quelques reſtes & quelques veſtiges, qui vous marquent leur grandeur paſſée; la hauteur de leurs baſtimens ſuperbes eſt confonduë avec leurs fondemens; ce ſont autant de grands cimetieres, ou, pour mieux dire, ce n'en ſont que les cadavres. Ce grand & célebre Roiaume des Juifs beaucoup plus ancien que celuy des Romains, cette cité de Jéruſalem ſi belle & ſi bien fortifiée, ce temple fameux par tout le monde, cette nation ſainte, ce peuple choiſi, ont eſté entierement ruinez & deſolez par le Prince du monde le plus humain, le plus debonnaire & le plus indulgent. Ne voyons-nous pas ſes habitans répandus par toutes les parties du monde, comme autant d'errans & de vagabonds, aſſujétis & maltraitez de toutes parts, exilez depuis ſeize cens ans, ſans que Dieu leur envoye aucun ſecours, comme il faiſoit autrefois dans tous leurs perils & dans toutes leurs peines; ſa main vengereſſe s'appeſantiſſant au contraire de plus en plus ſur leurs teſtes deïcides?

cides ? Si de l'Orient nous passons au Midy, & si nous parcourons tous les lieux de l'Afrique, où ont fleuri les Arnobes, les Cypriens & les Augustins, & où ont vécu tous ces grands Saints, qui rendirent cette partie du monde si célébre & si recommandable par leur religion, par leurs écrits & par leurs vertus : Si nous nous arrestons à Carthage, où se sont tenus tous ces fameux Conciles, qui sont encore aujourd'huy la source des plus beaux reglemens de la discipline Ecclesiastique, & qu'à mesme temps nous fassions vn peu de reflexion sur les habitans qu'elle produit maintenant ; n'avouërons nous pas, que tout y est bien changé, que la captivité où tout ce païs est reduit, est bien différente de la profonde liberté, dont il joüissoit autrefois ? Et ce qui est bien plus déplorable, nous trouverons que si la veritable Religion y a demeuré autrefois dans la personne de tant de Saints Anachoretes, de tant d'Evesques illustres & de Martyrs, elle a passé de ce lieu chez nous, & qu'infailliblement elle passera encore de chez nous dans ces nouvelles terres qui se découvrent tous les jours. Paris, MESSIEURS, sera peut-estre vn jour dans ce funeste & déplorable état, où toutes ces villes se trouvent presentement ; & aprés avoir partagé avec elles la grandeur & la gloire de leur élevation, elle sera la compagne infortunée de leur desastre, & de leur abaissement. *Et tu, Capharnaum, quæ ad cælum vsque evecta es, vsque ad infernum descendes.* C'est l'Evangile mesme d'aujourd'huy, qui nous menace de cét étrange abandonnement dans la personne de ces Vierges folles, qui sont tombées dans vne condamnation si effroyable, que le divin Epoux les rejette de sa presence, & les foudroye de ces paroles de tonnerre, *Retirez-vous, je ne vous connois point.* En vain demandent-elles par des cris redoublez, qu'on leur ouvre, & repetent plusieurs fois le nom du Seigneur pour émouvoir sa pitié : elles ne sont point écoutées, & le Seigneur ne les connoist plus, faute de l'avoir imploré dans le temps ; parce qu'vn jour, dit S. Gregoire Pape, il abandonnera comme des gens inconnus, tous ceux qui ne méritent pas d'estre connus de luy par leur bonne vie, & qui pour n'avoir pas correspondu à ses graces, seront condamnez sans remission à la mort eternelle. Quand je voy donc, MESSIEURS, le sein & les entrailles de l'Europe Chrestienne déchirées par ses propres enfans rebelles ; quand je voy les plaies sanglantes & mortelles, que luy ont fait les derniers Sectaires, qui luy ont arraché les plus beaux fleurons de sa couronne, en luy ostant l'Allemagne, l'Angleterre, la Suede, le Dannemarc & la Hollande, regions autrefois si Catholiques, & aujourd'huy entierement infectées de leur gangrene, & de leur poison, qui a mesme gagné jusqu'au cœur de nostre France, jusques dans le cœur de Paris, pour ne rien dire de plus fort contre des personnes, parmi lesquelles nous connoissons de si honnestes gens, que je ne desespere pas de voir vn jour du nombre des nostres. *Meminerit in ipsis inimicis latere cives futuros: apud apertissimos adversarios prædestinati amici latitant adhuc ignoti etiam sibi.* Quand je voy si peu de religion, de foy veritable, de probité essencielle dans ce qui s'est preservé de la contagion de l'heresie; & que d'vn autre costé je considere les admirables progrez, l'état florissant, & l'heureux succés de la Religion Chrestienne dans le nouveau Monde, où peu d'années aprés que l'Evangile a esté publié, l'on a compté jusqu'à quatorze millions de personnes, qui se sont enrôlées sous l'étendard de JESUS CHRIST, dans le Sacrement de Baptesme: N'ay-je pas encore vne fois grand sujet d'apprehender que la Religion Chrestienne, ayant passé de l'Asie où elle est née, dans l'Afrique, & qu'estant depuis ſortie de l'Afrique, où elle paroiſſoit ſi bien enracinée, pour entrer dans l'Europe, elle ne quitte auſſi quelque jour l'Europe, pour ſe retirer & s'étendre dans l'Amerique, & dans ces terres Auſtrales fraîchement découvertes. C'eſt maintenant le tour & la revolution de noſtre continent. *Illi creſcunt quotidie, nos decreſcimus : illi proficiunt, nos humiliamur : illi florent, nos areſcimus*, diſoit vn nouveau Jeremie de ſon temps, c'eſt Salvien, percé de douleur qu'il eſtoit, de voir l'irruption & le dégaſt des Gots & des Wandales dans l'Eſpagne. Ce que je puis appliquer dans vn autre ſens à mon ſujet, en comparant les nouveaux Proſelytes de l'Amerique avec ceux de l'Europe. Ces premiers croiſſent, ſe multiplient, & ſe perpetuent, pendant que nous tombons piece à piece, & que nous declinons: ils multiplient, & nous diminuons: ils ſont chaque jour de nouveaux progrez & de nouveaux établiſſemens, au-lieu que nous perdons tous les jours quelque choſe de nos anciennes poſſeſſions : ils ſont dans la ferveur des premiers ſiecles de l'Egliſe, & nous dans la tiedeur & la nonchalance des derniers : ils ſont dans l'éclat & dans la ſplendeur, & nous vivons dans la deſolation & dans l'opprobre, où nous reduiſent la ſéparation & le divorce de nos freres : ils fleuriſſent & fructifient merveilleuſement, pendant que nous ſommes dans vne langueur mortelle, dans vne aridité & vne ſechereſſe incroyable. Enſorte qu'on peut dire d'eux & de nous, ce que l'Eſcriture dit de Saül & de David, que l'vn ſe fortifioit à meſure que l'autre declinoit de jour à autre. Ce qui s'accorde bien encore avec l'obſervation curieuſe, que quelques contemplatifs ont faite, ſur ce que Fernand Cortez, qui conquit le Perou, naquit la meſme année que Luther, ſçavoir l'an mil quatre cens quatre-vingts trois, & que dans le meſme temps que cét apoſtat levoit le bouclier contre l'Egliſe, & bouleverſoit toute l'Europe avec tant de cruauté & de barbarie, dans ce meſme temps Fernand Cortez arboroit l'étendard de la Croix dans les Indes, ouvroit la porte, & frayoit le chemin à toutes ces colonies, & ces Miſſions Catholiques, qui s'y ſont établies depuis : comme ſi la Providence divine toûjours veillante au bien de ſon Egliſe, l'avoit voulu conſoler des pertes ſi ſenſibles qu'elle ſouffroit en Europe, par l'acquiſition de ces nouvelles terres, où la Religion du vray Dieu s'eſt ſi fort multipliée, & reparer ainſi avantageuſement dans le nouveau Monde les bréches, les ruines, &

les débris de l'ancien. C'eſt l'Ordre de Saint Dominique qui a le plus travaillé à ce grand & important ouvrage, & nous luy ſommes en partie redevables de la publication de l'Evangile, de l'accroiſſement de l'Empire de JESUS CHRIST dans ces lieux, puiſque ſes enfans tranſportez d'vn zéle vraiment Apoſtolique, qui eſt le charactere particulier & l'eſprit de leur illuſtre Patriarche, ont tant de fois porté le nom de l'agneau immaculé au delà de l'Ocean, en dépit des orages & des tempeſtes, malgré la fureur & la rage des idolâtres & des démons. Il me ſemble auſſi que c'eſtoit à eux que s'adreſſoit le Prophete Iſaïe, lorſque prevoyant la grandeur & l'excés de leur zéle & de leur charité, & le long chemin qu'ils feroient en ſi peu de temps, il leur diſoit pour les encourager, *Ite Angeli veloces*, Allez, illuſtres Prédicateurs Evangeliques, Ambaſſadeurs du Dieu vivant, volez comme les Anges du bout du monde *ad populum, poſt quem non eſt aliud*, à ce peuple, paſſé lequel il n'y a plus de terre; *ad gentem expectantem*, aux Indiens qui vous attendent, qui ſoûpirent aprés voſtre preſence, qui vous tendent les bras, & implorent voſtre aſſiſtance; courez promptement & avec ardeur dans cette campagne mobile, où vos pas ne ſeront pas ſi-toſt imprimez, qu'ils ſeront effacez. *In mari via tua, & ſemitæ tuæ in aquis multis, & veſtigia non cognoſcentur.* Et ſi les élancemens, les agitations, & la furie de l'Ocean vous arreſtent, & vous épouvantent, que le zéle des ames qui échauffe & conſume vôtre cœur, vous donne des aîles pour le paſſer. *Ite Angeli veloces ad gentem expectantem.* C'eſt-là que vous recueillerez vne ample & abondante moiſſon, tres-digne fruit de vos peines, de vos ſueurs & de vos travaux. C'eſt-là que Dieu benira & récompenſera toutes vos fatigues, & tant de ſang répandu pour ſon ſaint Nom, par la joie & l'allegreſſe que vous aurez, d'avoir donné à l'Europe & à toute l'Egliſe Catholique la premiere fleur venuë de l'Amerique, la Bienheureuſe ROSE, qui ayant preſervé par ſes prieres Lima ville capitale du Perou, des orages qui eſtoient preſts de fondre ſur elle, d'où vient que quelques-vns la repreſentent tenant cette ville entre ſes mains, détournera encore les tempeſtes & les fleaux, dont l'Europe eſt ſi fort menacée; ce que les paroles de mon texte nous ſemblent promettre, & afin qu'elles luy puiſſent convenir dans toute leur étenduë, *Terram Auſtralem & arentem dediſti mihi, junge & irriguam*, en faiſant éclater les mesmes miracles dans nostre monde, qu'elle a fait dans celuy de l'Amerique, qui se sentiront tous deux également de sa protection & de son assistance. Voilà ce dont nous vous supplions, divine Epouse de JESUS CHRIST, & ce que nous attendons de la tendresse que vous avez témoignée, estant icy bas sur la terre, pour l'exaltation de la Foy & le salut des ames, qui a esté si extraordinaire, que vous avez souhaité, comme vne autre Therese, de pouvoir vous enfuïr chez les Infidéles, afin d'y seeller par vostre mort la confession de son Nom adorable. Rendez par vne heureuse échange, & vn saint commerce à l'Europe, ce qu'elle vous a presté; elle vous a fourni Sainte Catherine de Sienne, comme le modéle & le patron, sur lequel vous avez reglé vostre vie: Faites donc maintenant, que l'idée de la vostre & de la sienne s'vnissant ensemble, retournent vers l'Europe en la mesme facon que les rayons, qui tombent sur vne glace, sont renvoyez à la source de la lumiere, d'où ils se sont épandus; qu'il en sorte comme de deux crystaux éclairez, vn si grand rejallissement de lumiere, que frapant nos esprits il en dissipe toutes les tenebres, qu'il embrase nostre cœur, qu'il se liquefie, s'amolisse & se fonde à la veuë d'vn si beau feu.

Pur-

Purgez par vn heureux incendie toutes les ronces & toutes les épines, dont cette terre ſterile & infructueuſe eſt couverte ; & nous tirant aprés l'odeur de vos parfums, nous vous ſuivrons par le chemin royal des ſouffrances, qui eſt marqué de vos grands exemples, & de vos vertus heroïques ; & aprés vous avoir imitée dans cette vallée de larmes, nous eſperons parvenir vn jour à cette terre bienheureuſe, ruiſſelante de miel & de lait, baignée & arroſée des eaux ſalutaires de la grace & de la gloire, dont vous joüiſſez dans le Ciel. Ainſi ſoit-il.

PRIVILEGE DU ROY.

LOUIS PAR LA GRACE DE DIEU, ROY DE FRANCE ET DE NAVARRE: A nos amez & feaux Conseillers les gens tenans nos Cours de Parlement, Maistres des Requestes ordinaires de nostre Hostel, Prevost de Paris, ou son Lieutenant, Baillifs, Seneschaux, Prevosts, leurs Lieutenans, & tous autres nos Iusticiers & Officiers qu'il appartiendra, SALUT. Nostre cher & bien amé LE SIEUR ABBE DE LA CHAMBRE nostre Conseiller & Aumônier ordinaire, Nous a tres-humblement fait remontrer, qu'il auroit esté pressé & sollicité par les Religieux de Saint Dominique, de donner au public vn *Panegyrique de la Bienheureuse Rose*, qu'il auroit cy-devant presché dans leur Eglise de la ruë Saint Honoré, de nostre bonne ville de Paris; & que pour cét effet il a recours à Nous, à ce qu'il nous plaise luy en accorder la permission, comme aussi de faire imprimer les autres Panegyriques des Saints par luy composez & preschez en nostredite ville de Paris, & icelle interdire à tous autres, pendant le temps y contenu, & luy octroyer nos Lettres à ce necessaires. A CES CAUSES, desirant favorablement traiter l'Exposant, Nous luy avons permis & octroyé, permettons & octroyons, de grace speciale par ces presentes, de faire imprimer par tel Imprimeur que bon luy semblera, du nombre des reservez, lesdits Panegyriques, vendre & debiter en tous les lieux de nostre obeïssance, en vn ou plusieurs volumes, en telle marge, forme, caractere, & autant de fois que bon luy semblera, durant le temps & espace de sept années entieres & consecutives, à compter du jour qu'ils seront achevez d'imprimer pour la premiere fois. Faisant tres-expresses inhibitions & défenses à tous Libraires & Imprimeurs de nostre ville de Paris & autres, & à toutes personnes de quelque qualité & condition qu'elles soient de les imprimer, faire imprimer, vendre, ni debiter durant ledit temps en aucun lieu de nostre Royaume sans le consentement dudit Exposant, sous pretexte d'augmentation, correction, changement de titre, fausses marques ou autrement, en quelque sorte & maniere que ce soit; A peine de deux mille livres d'amende payables sans déport, par chacun des contrevenans, applicables vn tiers à Nous, vn tiers à l'Hospital General de nostre bonne ville de Paris, & l'autre tiers à l'Exposant; de confiscation des exemplaires contrefaits, & de tous dépens dommages & interests; A la charge toutefois qu'auparavant de les exposer en vente, il en sera mis deux exemplaires en nostre Bibliotheque, vn en celle du Cabinet de nostre Louvre, & vn autre en celle de nostre amé & feal Chevalier, Chancelier de France, le Sieur SEGUIER. SI vous mandons, & enjoignons que du contenu en ces presentes vous fassiez joüir & vser l'Exposant, & tous ceux qui auront droit de luy, pleinement & paisiblement, sans permettre qu'ils y soient troublez ni empeschez: voulant qu'en inserant ces presentes ou extrait d'icelles à chacun desdits exemplaires, elles soient tenuës pour bien & deüement signifiées. Commandons au premier nostre Huissier ou Sergent sur ce requis, faire pour l'execution des presentes, tous exploits necessaires, sans demander autre permission, nonobstant Clameur de Haro, Chartre Normande & Lettres à ce contraires. CAR tel est nostre plaisir. En témoin dequoy Nous avons fait mettre nostre seel à cesdites presentes. DONNE' à Saint Germain en Laye le quinziéme jour de Septembre, l'an de grace mil six cens soixante-neuf, & de nostre regne le vingt-sept.

Signé, Par le Roy en son Conseil, DALENCE'.

www.ingramcontent.com/pod-product-compliance
Ingram Content Group UK Ltd.
Pitfield, Milton Keynes, MK11 3LW, UK
UKHW012114240726
13965UKWH00004B/1753